# 治療課

龍青——著

# 目錄

# 關於

紫色小碎花
傾軋過嗅覺的時候
時間
指向上午七點零五分
我的目光
在枝頭彈跳
不存在的紫色小碎花
裂開香氣的瞬間
山道上
竄出一匹悲傷的母馬

# 櫻與流蘇

它們在寫信
用我們使用語言的方式：
坦白、親密，鍥而不捨
赤誠的粉，執著的白
有一些淚水
從粗糙的樹的表皮滲出來

一雙雙美麗又憂傷的眼睛
凝視著
它們，我們。

春天的盛開渾圓，緩慢
光——
是拆閱它的人們
所需要的，那道光

# 在下雨

遠方在下雨
我想像雨點擊打著屋頂
又順著屋簷滑落
老屋前的青苔
四月的小葉欖仁和老榕樹
都吸滿了水分
小鎮更綠了——

雨在說話
它從一個人的身體

走入另一個人的身體
那些空的，潮濕的牆
縫隙與縫隙之間
低音的部分
因此活了過來

血液流過四肢的時候
春天正在門外
那麼鮮活，說：
她來了

# 這個春天，遇見鹿

麥子

靜止，現在。
感受到風的時候
麥子的起伏是海浪
四月青綠
你說雲動
她就朝你湧來

## 蛙聲

牠在叫，徹夜不停。
在黑夜體內
蛙是綠意的骨頭
更是騷動五月的爆裂物
在引爆前
孳生葉子和鳥雀們細長的喙

## 晚安

把睡前的祕語放入罈子裡
在密封的罈口
我們
用水滋養自己的魚

**和你的溫柔在一起**

現在，你已經睡下了
我們的房子裡靜悄悄的
月亮在你的睡眠裡呼吸

17 . 這個春天，遇見鹿

# 貓頭鷹

樹影扼住喉嚨的時候
初春的深山，在夜裡
發出沙啞的叫喊
天更黑了
窗台上，去年種下的茉莉枝葉新綠
叫聲的沙啞深化了這綠色
我不能變換窗口
更不能
隨牠的叫喊翻山越嶺

最後，牠的叫聲停止了。
寂靜從黑色的枝頭跌落到草叢——
一個離去多年的人
正穿過我的身體

# 一個人的愚人節

曾經，一個月一到兩次
坐車去看你
從槐花開到桂花謝
一個人的去程
妝容精緻
一個人的回程，總是道斷鏡裂

香氣的賞味期那麼短
丁詩人在臉書寫到：
「愛她的時候她是公主

不愛了她是病」
病重所以要被隔離
要從愛人的親
轉化為友善的親

愚人節的明天
天天都是清明節
這世上再無可以憑弔的人
我也從不曾做到原諒

# 一個人的清明節

我拆解它
像一個屠夫手持利刃
鎖骨是唐朝的雨
髖骨是
牛背上的牧童和杏花村

別動左邊那根肋骨
肋骨上方
心臟的位置
走著一個斷魂的人

23 . 一個人的清明節

# 人間草木

綠的是池塘
綠的是四月雨
綠的是棠紅李白
是岸邊的垂柳
和
死生離別處，縫補不起的人心

25 . 人間草木

# 石頭

你是石頭
所以你聽不到我哭

27 . 石頭

# 給你看

給你看我的傷口
給你看我瘋的樣子
給你
看

去年那株酢漿草
在黑色土壤裡的病
一株爛了根的草
活或者死
它自己也不知道

29 . 給你看

# 詞語

小樹林在移動
根據一隻蜻蜓或者蝴蝶的振翅
參照物綠色
可以想像
它停歇在開滿蒲公英的草地

隨後移動的是村莊和河流
我們在車廂內相對而坐
作為發音的一種
哦，它們和我們

張開然後緊閉
什麼都沒有透露

# 我愛你，我並不愛你

該向你道別了
我喉嚨的墨汁已枯
分岔的筆
是我最後的樣子：
一個失去理智
狂暴的逆位女祭司

33 . 我愛你，我並不愛你

# 一夜大風

## 1.

夜裡，我獨自坐著
在黑暗中
穿越更黑暗的自己

人們在安睡。那匹將頭俯得低低的馬
把暗灰色的身子和四蹄
隱藏在巨大的樹影裡
我和牠都醒著，我們緊閉雙唇

維持著同樣的沉默
戲劇性的風
此刻
張揚著它的旗幟
奮力掃蕩村莊、房屋、樹林
和通往湖畔的那條小路
它並不想放過任何一個睡夢中的人們
儘管他們才剛經歷了絕望和哭泣

2.

二〇二一年四月二日，晴。

木棉彤彤
燒得春天的嗓子嘶啞
鐵軌伸向遠方，火車轟鳴
它運送著歸家的人們
也養活著另一群人們

九點三十分，花蓮以北
車廂內
人們對災厄的來臨渾然不覺
車窗外的紅
加速成火，成茶
一隻名為工程車的惡獸從天而降
清水崖，無法突破絕望的罣障
頃刻成為斷腸崖

3.

人們在流血——

他們在軌道上運送傷患
他們在黑暗的隧道
搜尋罹難者和他們的殘肢

他們坐在電視機或者電腦旁
他們在路上，在捷運車廂
緊握著手機、iPad
他們淚流滿面
卻不敢鬆開這一切

新聞反覆報導著災情：
五十死，一百八十八傷
數字形成的蛛網在此躺成路障
木棉沿著軌道
紅豔似旗——
這旗鋒利如匕
這旗滾燙如淚水
狠狠地
插在每一個人的心上

他們和我們，都是
苦盡而又見的生命[1]

沒人知道，今夜之後
有多少人的命運

將因此被塗改

4.

你面對的是一堵牆
你試圖推動它
或者，穿越它
埋伏牆內的猛虎
在沉暮的鳥鳴中阻擋了你的行進

牆始終在那裡——
有那麼一會兒
你對它的存在視而不見

1 來自保羅・策蘭：「它苦盡了／又見生命」

面壁者或者穿牆人
之於你
成為一個艱難的抉擇。

5.

夢與醒的縫隙
是始終無法融合的陰影
我需要你。但我不再靠近
也不再凝望你

大風在掃蕩
村莊，房屋，樹林
湖水，在黑暗中一齊搖擺
暗灰色的馬仍在樹下

我的軀殼和牠的軀殼
在風聲催逼中
漸漸失去了呼應

我們緊閉雙唇，將頭俯得低低
任由黑夜
任由風
凶猛掠過
我們的血將流盡——
「死於
我們一無所知的傷口」[2]

2 托馬斯．特朗斯特羅姆詩句

# 春天來信

鑽進陽光與兩棵樹之間的縫隙
我看到
粉櫻和白流蘇碎末般的花影
斜上方的樹枝上，一隻松鼠
上上下下跳躍著
那些青翠的聲音，在我仰頭的時候
拂動著樹葉

老房子前方是山谷
長久的寂靜之後

視覺漸漸陰暗
揉揉眼睛，能聽見
睡醒了的斑鳳蝶展翅的聲音

從一個枝頭到另一個枝頭
松鼠仍在跳躍——
我站在這裡
靜靜地，感受春天
與中午的徒勞。

# 厭倦

我厭倦每一次點讚的手指
所有帶著笑容的人
都那麼言不由衷

我厭倦閱讀
視覺的猛獸總是巧妙地
以純粹取得勝利
而我總是不能純粹
當媽媽每天
計算著菜錢和家用開支

雪覆蓋我
詞語的不規範和機械性覆蓋我

每日每日
我寫
每日每日
我在稀薄的空氣中
以沉默計算
你給予我的氧氣用量
我厭倦我自己。

# 流逝之聲

都是空的
山谷，天地，河流
都是碎的
寺廟，石碑，肉身
打開窗戶
風穿過山谷
空，且蒼茫

菩薩垂目，端坐殿中
屋外飛花點點

石碑上字跡模糊
再也瞧不出筆鋒

# 正在遠去

軌道消失了。
四月末的槐花是一隻白鴿子
在倦容和倦容之間
垂下雙翅

型態的鴿子，嗅覺的鴿子
列車斷然向前的轟鳴
隔開了我們。
坐在一眾倦容之間
我的視線恍惚

車廂在恍惚中出現了微細的裂痕
漸漸延伸到窗玻璃上
我看到不安的自己的臉龐
更深的恍惚中
鴿子振翅，槐花散發出碎裂的香氣

突然想起你說我們還有很多明天——
鴿子在鏡前，槐花在水下
而我們沒有道別

# 分手的理由

不愛了。一句話
就可以結束
詞語與詞語的親密
所有愛過的段落
在悲傷中長成象徵的荊棘
在四月，溫熱的隱喻
從你柔軟的唇瓣
導入我的
深刻是黑暗中的閃光
讓眼前的快樂變得匆促，危險

和可恥

在四月，在時間改變我們之前
我要帶走山谷、田野和村莊
這些美麗、熱切
書寫的全部
我將藉由月亮交給你——

# 我們在，離星星最近的村莊

一座村莊的寧靜
是早晨的鳥鳴和黃昏的炊煙賦予的
無論夜多麼黑，只要一灣星子
就能將它點亮

山林和稻田在情人的港口並肩眺望
作為岸的一部分，以及
愛的一部分
海水在礁岩上拍打
鳥兒在林間鳴唱

男人和女人們
調整著步調
把生活中不可知的一部分
變成熟知的一部分

# 寫下

寫下盛開
是將釘子楔入某處
想像它深入內裡的樣子
讓養在眼裡的血絲成為動詞
游在光照進來的地方

對立是一隻大鳥
在紙上，具體成銳利的眼神
和充滿力量的翅膀。
不要考量此刻牠心靈的狀態——

離散從無先兆
刨除形容詞的遮蔽
就能發現牠眼底的飢餓
翅下細羽的柔軟，以及
我們之間不曾提起的
隱喻的悲傷

# 遠方的鈴鐺

對一扇窗來說，落日是永恆的
出現在上一首詩裡的元素
寂靜，茫然
依然可以出現在這裡。

光和聲音作為一種喚醒
用掉了更大面積的語言
每一個詞語都是荊棘
扎進肉裡之前
我看見

一棵樹在落日映照下
變得透明

# 在路上

軌道兩旁
是廢棄已久的礦區
火車在遠處
往前，是海港、小鎮
和預言者飄雨的黃昏

矮樹上的鳥群，泊岸的船隻
漫長旅途所需要的
沉默的舌頭
緩慢的呼吸，以及

能隱藏我們傷口
即將來臨的夜晚

當我靠近，當我像貓們在廊下
敞露我的疲累和慵懶
遠客的餘音
為寂靜清理出大面積腹地
更為濃重的黑
持續
捕捉了一天最後的光線——

時間滴落彷若針尖觸地
消瘦與滿盈
都是我們從沒到過的地方

# 我們之內的鐘

山一直在那兒
它牽制著黃昏的飛鳥
在曠野，形成一種孤樹效應

鬆開手就能感受到光線變化
心裡預演過無數遍的離別
此刻，具體到每一根羽毛細微的顫動

歸巢的鳥們沒有半分猶豫
黑夜的降臨也從不猶豫

大面積的灰覆上遠山的時候
八月的心臟，彷彿死去般寂靜

# 戲・桃花扇

以血，構思一簇桃花的顏色
如野火頻燒
如一座城，或者無數座城
在秋天
把自己的蕭索
朝向夕陽

烏衣巷，鳳凰台
月色冷冽如重音
落在秦淮河的喉嚨與鼻腔

一種揭露
一種擦撞
一種收縮在胸膛的
沉痛，尖銳
掏空了
失去知覺已久的身體

觀眾席上，我一邊
游離於無用的自我代入與剖析
一邊
按壓住鼻子上方
口罩的邊條
啞掉的內在和持續形成
並不斷擴大的病毒
抗衡著，磨損著

青苔碧瓦均可複製
秋水長天下桃花灼灼
它以新的形式盛開
在又一年的即將結束
與開始

# 烏托邦的湖岸

一個流浪漢躺臥廊簷下
冷風中，緩慢飄落的
是形體的樹葉
和我們無限的困境

鬧市裡店鋪門窗緊閉
街巷無人
時間在鏡中呈現出精緻的紋路
它使照耀清澈如秋水，也
使萬物的肉身鋒利

易碎

烏托邦的湖岸
我們讚美青山和飛鳥
遠方總有一座橋，一盞燈
使我們忘卻飢渴和疲累

微光從不曾熄滅——

冷風逕自穿過空洞
一雙黝黑的手
接過一個冒著熱氣的饅頭
天色漸漸暗下來
曾經雄辯的舌頭
因此而沉默

# 此第三者非彼第三者

毛髮、體態，眼神以及情緒
我在畫布上
尋找自己

於是，以三者來平衡空間
最靠近你視線的
灰夾雜白，所以捲曲
右後方距離一
間隔時間約〇・一秒
變形的灰的表層

其實是黑
延伸到下一秒更深的黑

當我與我以背相對
時間變得刺骨
我試圖平衡的某部分正在被打破——
陌生的聲音降臨
我是我，我也並不是我

# 長在牆縫裡的草

秋天清晰地映現在老牆上
陽光仍有溫度，老牆斑駁
像一條流傳了千萬里的河
仍有波瀾。

我喜歡的日子
總有著綠色的枝蔓
那是歲月反覆論證過的赤裸
被巨大的透明和空無
從內部撐開

# 觀浪龜山島

船離開碼頭——
這是深秋，海水一如既往
因為冷而翻滾、燃燒

我試圖更靠近你
抵禦的海，後退的海
伏身在流逝中
每一朵浪花的拋擲都是
一個具體的坍塌

海的體內獸群嘶吼
互為外來者的我們
弓起身子
在劇烈的搖晃中對峙
巨龜掉頭的時候
雨水細密，它張開嘴
輕輕咬噬著岸
和遠處
灰茫的蘭陽平原

# 提燈的人

一隻藍雀的催促
引發了血管微小的暴動
提燈的人自遠處走來
他的指關節粗大、僵硬
燈影微弱
黑暗在他有節奏的晃動中悄悄
從枝頭滾落

我不知道他是誰
更不知道

他如何安頓內心的沼澤，與
明亮光線造成的
那些彈孔
沒有影子的人，日復一日
尋找著自己存在的痕跡

他在何處？
燈光持續照亮
那些裂掉的部分
冬天在凍硬的土地上呼出白氣
暗裡的樹木
晃動著低沉的喘息

暗紅的光，搖曳成他的眸色
他在霧中找尋桅杆

在海水與礁岩的撞擊中
找尋方向與岸
城市的燈火深埋在他的胸腔
那是一個永遠新鮮的傷口——
沉默但洶湧的堅持
在他的血液裡
叫喊，流動，燃燒

# 雨，以及其他

※

開始是一兩滴，然後
雨越來越大
女人把頭抵在窗玻璃上
漫不經心的往外看
一個又一個詞語形成畫面
在她腦海裡蹦跳
絲絲入扣的弦樂繃緊了些什麼
風吹過窗簾

產生垂墜感
觸碰著取景框的底端

坐在聲響的中央
時間的馬蹄踏起水花
白茫茫地
開在黑暗中
荒漠，深谷，雷霆
同時出現在這個空間裡——
它們疾如箭矢，瞬息
又迂緩如平沙落雁

所有奔騰和靜水流深
彷彿
都只在男人的指尖

※

相愛的時候
他們做愛
不愛了，他們依然是弓與箭。

※

雨水在凝固的黑暗中
有玉質的光亮
他們在深夜重複魚水的交融
他們，也在深夜
思考去留
寒塘觀月影

生活的枝節猶如一支吸光器
無情地
讓甜成為苦
讓深刻陡峭成崖壁
和萬丈深淵

「妳還愛我嗎？」
「你可曾愛過我？」

關上一扇門，又緊緊地
關上更裡的一扇門
女人不再是被捧在手掌心裡的
母親、情人和小女兒
男人也不再是山，海，或者獵人

當她收拾行李離開——
雨水透亮，時間的光佇立其中
發出啁啾的哀鳴

# 月亮，另一種照耀

渴望交談的時候，她是明黃的
越來越淺，淺淡又濃織
像窗玻璃上印著的人影
疲倦，卻依然清晰

更多時候，她自言自語
聲音和抽象的顏色相互纏繞
沒有刻意的方向
情緒堆砌
紅的、綠的、藍的、橘的

帶著強烈的痛感
中斷，抽離
牽回，再接續

一個人的敘事短片
往往失去焦距
她製造、重複、困惑、辯解
一團糟。
輸光了也不逃
她就是禁錮自己命運的荒野
冷眼
用硃砂寫人間事

# 大雪

1.

打開窗子，她看見大海
冬天的海浪是貧瘠的
彷彿一個躍起的姿勢
就能擊碎整個海岸線

浪湧推擠著浪湧，向她眼裡直撲而來
一個巨大的碎裂

經由她的眼睛直抵她的身體
海藻，珊瑚，馬鞍藤和岸邊的椰子樹影
形成一個巨大的漩渦
那是她意識的深淵
海浪深處風暴正在形成，她的手
緊握著砂礫
時間在她的指縫中流下
猶如海浪
在力量與力量的較勁中噴濺

2.

他們。我們。你們。
海浪將所有微小的事物拋得老高

冬日冷寂
人和物在這冷寂的輕微晃動中
產生了懸浮感——
海浪在堆疊中離開海浪
身體閃避思維
一隻不存在的鳥的鳴叫，竟然
得到了應答

一場自我消弭的法會正在進行。

3.

「我對妳也有那樣的感覺。」
「但我不能說。」

「嗯，我愛你。」
「我會永遠愛你。」

4.

她來過。
她不曾來過。

動念是微小的
春天的
它讓海面微瀾
讓她指縫虛無的稻田生出嫩芽

火焰一閃即逝
生活的細部如同枯枝

穿插，交錯
安置在海的胸腔。
背向，永遠不能匯合
相向，無限接近中
從不曾真正靠攏

來與往正在交疊

海浪將她推向遠處
又將她帶回原地
孤零零地，留在那裡

5.

礁岩，海洋氣候，航海日誌

海水日夜拍打著她所愛的那些——
彷彿一個躍起的姿勢
就能阻止一場失事

海水日夜拍打著
她的頭髮，眼眶和她的身體
她心靈的內陸海
在冬日的冷寂中逐漸喪失生命力
她在她的地獄感受到刀割之痛：
「感覺內在有兩個血窟窿，血流不止。」

海水鹹腥。
海水日夜拍打著
她的頭髮，眼眶和她的身體。

6.

不能睡的時候她總是藉助藥物
她知道該怎樣對付自己

只要醒著她就是海的
海浪如針，那些力量的飛蓬
她任由它們
爆擊她的身體

「我要妳健康地面對自己和未來。」
「並且謙虛。」

生活重若磐石，而她只餘卑微

## 7.

雪。
微妙之雪。
細小，冷冽，溫柔，且細膩

她的呼吸穿過它們
在藥物和海水帶來的懸浮感中
雪如此輕，又如此之重
陰影，疾病，紀念日
她意識的看守動作起來——
夢和雪都是輕的，柔的
它們喊著她的名字
然後逐一加密，刪除，銷毀。

## 8.

「小親。」

「小親。」

「小親。」

雪如此狂暴
如同冬日冷寂的海浪
用堆疊，用推擠，用覆蓋，用燃燒
消弭了塵世、海洋、冬日和其他

冷寂在她耳旁呼嘯

念頭也在呼嘯
沸騰和撕扯
撞擊凶猛
所有構成痛的詞語
此刻都在她耳旁呼嘯

她虛構的雪地溫暖
燈光在遠處
海也在遠處
海浪翻攪著海浪
盲目地沖刷著什麼
大雪紛飛——
枝葉繁茂從不是愛的歸宿。

# 大寒將至

「就數到清明為止吧」
有位詩人說
冬雪覆雪冬
清明復清明
河水暴漲後回落
又一輪
大寒將至

口罩內的呼吸濕熱
夾雜著
來不及嚼碎的悲傷
我們空洞且麻木
一邊按既定方向行進
一邊
向固定模式中的自己告別

星群遙如隱喻
謊言和亡靈對質的墳頭墓草青青
疫情報告中的數字和水中倒影
形成我們熟知的修辭學

不要說所見所感皆虛妄
此刻，鳥群的翅膀
正劃破天空——
而消亡的馬匹必定
在前方某處
等著我們

103 . 大寒將至

# 渡河

我的悲傷是黑色的
它連結著宇宙的黑洞

我的憤怒是紅色的
它茂密指向
火焰、灰燼和制度

我的諒解是春天的
因為一首詩，一個句子

我再次回到白雪生前
用無盡生，陪你渡河

# 高高的樹上結檳榔

綠枝葉抵住雲朵時
與天空
達成某種隱密的交換
雨和浪濤在島嶼的二月是節制的
海水洶湧
也不能使之氾濫

夜晚的屋子
是小的也是大的
它收納了一個父親和一個母親

二三頑皮的孩童
和一種平靜的生活

# 油菜花

一畝畝沉默的油菜花
具體地，出現在三月的畫布上
我能感受到它們眼裡的光
那些陌生的，金燦燦的小腦袋
正在沉默中創作一種叫做春天的東西

或者它們也是喧囂的，畫布上
它們的盛開迫切
似乎毫不擔心盛開之後的衰敗
甚至凋零。

當沉默包圍著我
我的喉嚨發出聲音
那麼高亢，尖利
像油菜花那樣——
恨不得
撕破些什麼

在三月
我描摹它們
我知道每一年看到的，都
不是同樣的油菜花

# 入畫

筆墨太濃
在三月的流水聲裡
我聽到，月亮打開自己的輕響

人的影子仍在樹下
空地空如明鏡
漸漸，隨著光的挪移敞開時間的簷廊
風掏空了夜晚，和薄薄的茶香
你斟滿我，一隻夜鳥

在透心雨到來之前
點翠了芭蕉

# 死亡瑜珈

厭倦了所有體式
厭倦了駱駝，貓，和魚
在身體裡又聾又啞的樣子

請用我熟悉的方式說話
無論經歷了什麼

請妳
保持青翠，語言茂盛：
橋，弧形
讓身體的塔尖易於辨認

弓是肢體
對肢體的眺望
更是你在我根部
種下的刺

空殼如此醜陋和粗糙
黑暗中你們
正無度使用著「我們」——
而我什麼也不會做
在身體的異象裡死去
我看不到任何人。

# 核分裂

我鋒利
我把我的刀
藏在你看不到的地方

每天，我們說話
鳥在預定的時間穿過樹叢
像禁令和輪迴
無論你接受與否
我能說出的藍是鳥翅的
春天的氣息迷人

我們是鏡子
更是彼此的偏執狂

# 春天的花

按捺春光
按捺一顆顆出牆之心
春天的芳菲
那麼清晰地折射
我們的內部

所有的盛放都是墜入
所有的醒來都是讚美

117．春天的花

# 春天的詩

「但他被壓在杏仁核」[1]
每天醒來
轉動
你的眼球
命令他緩慢，笨拙
用沉默的轉動
釋放我們清晨的鳥鳴
選擇戰鬥還是逃亡？
必須打開自己的傷口

睜開眼睛那一瞬請轉動眼球——
回溯悲傷的源頭，以及
隱藏在堅硬背甲之下
你的柔軟，我的任性

1 關於杏仁核，Dr.李說：杏仁核是大腦中情緒的來源，每天早上轉動眼睛自我治療，眼動幫忙釋放壓力（適合創傷後壓力症候群）。

# 你愛龍膽草的青翠

你愛她。
她有你愛的樣子
以及，龍膽草的青翠。
為此你搜尋了小雛菊和瑪格麗特
在她亢奮的自燃裡
用銀湯匙的母語
攪拌鹽
和她需要的海水
所有不確定到來的都是禮物

現在是春天——
春天是愛
最好的引導者

# 給三月

給三月藍天
給三月
一畝畝油菜花
給三月一個女人的感覺
以病，以戰爭
以無人能理解的晦澀
看清楚
那些沒有光的事物
內在的閃耀

給三月一棵大樹
它的每一片樹葉都是一隻鳥
在未知的陰影下方
衝撞，鳴叫，用力地活。

# 刺

七點，你的列車正經過我。
鐵軌的現實是平行
還是交叉
接近
誰也無法預知

整整一個春天
草木都在說話
槐花生長在四月的心臟

而失眠的人，要用餘生
才能拔掉那根刺

# 高敏者和吸血鬼

四月穿透我的耳膜
以溪水，以鳥鳴
以我能說給你聽的
所有的藍——

在四月
冰淇淋上的齒痕
也是藍色的
你說看吧
我不是吸血鬼

127 . 高敏者和吸血鬼

# 穿線器

我穿過你——
所有堅硬的：
牆、顱骨、鐵釘和諾言
通往堅硬之途總有縫隙
我挖鑿並將手中細細的線體
穿過。

水流緩慢，彷彿水
從來沒有源頭
隔著孔的兩岸，隱喻是靈

是松針綠
是橘色的遠古蜜蠟
你的穿過短促，冰涼
像飛鳥投身其中
衝破頓悟的天際

# 讓杏仁核休息一下

眼睛裡貯存著一場暴雨
從最內部的雲層，我看到
驚雷、閃電和幽密的水氣
每天，我以陳述句式
掩藏它們的存在
梔子散發著香氣
四月寧靜
草木生長的聲音從不暫停
我厭倦每一個帶來你的人

光影，書信，紀念日
濃蔭下的長凳，夏日的琴譜
那些夜晚的星星
和撲面而來的風

但我多想愛你。
風暴中等待我平息的人
撐著傘依然被雨淋濕的人——

# 熱融

在玉露樹的包圍下
我們成為同類。
那些有刺之物
在持久的纏縛中
漸漸失去了自己的身子

利刃、攪拌機、虛無主義
和深入我體內
這根殺身成仁的針
用掉了你整個週末的空暇

我說話。
不過是從一個對象轉換成
另一個對象
鳥兒正在失去自己的語言——
為了你的如釋重負
我願意分解體內任何異類

傷害，愛，或者冒險
整個週末
我們圍繞著這根刺：
「我好了，謝謝你。」
「妳也給我帶來新世界。」

# 重新詮釋

鳥鳴激烈，我在早晨五點五十分醒來。
那些看不見的小腦袋
躲藏在樹叢中
多重啟動了我的時間和空間

山中清明
時針指向赤裸
激烈包圍我的過去
正將鳥鳴的釘子楔入我的未來
那麼直接、那麼婉轉

那麼生動、邪惡和不可理喻
我的疼痛和愉悅也該是多重的——

鳥鳴突然停止的時候
世界靜止。

直到新的啼叫聲喚起更多聲音
關於甦醒
才從光線中浮出多維的解答

# 蝴蝶擁抱

沉入水中那一剎那，我聽到
我的眼睛、鼻子和嘴
深吸然後屏氣的聲音
雪上仍有鹿蹄
我的內部
一隻鴉，一樹枯枝
暮色蒼茫是一頁泛黃的紙
當我擁抱自己

我聽見——

語言在耳畔溫暖的呼吸。

# 睡前玫瑰

我拒絕向你描述它的樣子
當玫瑰和月光
在窗前
共用著同一個身子

鳥兒離開枝頭的彈性
不可數算。
說出是躁鬱症和黑死病
入睡前我就是你的玫瑰和月光

我不能向你
交出我自己

# 做個完整的人

槐花已落盡
我把自己埋在樹下
不讓一絲槐花的香氣
洩漏我的支離破碎

每日深蹲五組乘以二十
謀生之餘
維持良好心肺功能
跳舞，修復肢體

關於明天
關於
做愛到底是運動還是勞動
專家回答：
勞動，固定動作
易造成傷害
運動多元
一定有快樂

我運動
失去嗅覺的四月
祝我們運動快樂

# 打開練習

被花的香味打開
香味打開的是你的嗅覺
奔跑讓你自由
鳥的鳴叫聲
風吹動樹葉的簌簌聲
步聲、心跳
打開你的聽覺和知覺

對，正是如此
練習跟不一樣的事物

不一樣的自己對話
並且交換彼此

不要說愛
請把愛置換成月光
就是這樣，再跟我說一次你愛我
「今夜月色真美。」

那麼，換一個物體來說你愛我
「微風吹過，很舒服。」

非常好。閉上眼睛
讓我們感受風吹過

她吹過你的鼻子時的感覺？
她吹過你嘴唇的感覺？

「持續奔跑中的柔軟羽絨。」

這是一個觸覺的感受
也是一個視覺的感受
把自己再打開一點
肌膚是觸感
心跳是聽覺和知覺
我們回到撫觸，回到慢慢感受的感官
給我一個詞語

「打磨。」

很好。關於打磨
你的雕刻刀
所有來自你刀的觸碰的反應
我需要你的反應
此時空氣中的水氣是否
仍是最初你在奔跑中
感受到的水氣

「不大一樣。」

你依然在奔跑
空氣中的聲音和氣味都慢慢轉變
她消失了

「生結束了。」

死亡瑜珈開始
想念她開始了。」

奔跑的時候
請練習
我要你慢慢
拆解風
拆解每一樣相遇的
物體的聲音和氣味
跟它們交換自己
在每一個奔跑的時候

我的手
在打開你

147 . 打開練習

# 野鴿子的春天

野鴿子在枝頭鳴叫
牠捎來花的微醺
蝴蝶的臉紅
和伏在春天身上呼吸急促的陽光

牠鳴叫著
那麼甜蜜，無恥
坦蕩蕩——
牠鳴叫著

把每一個跋涉走成盡頭
把每一場歡愛，都喊成故鄉

# 繞地球一圈

花一整年時間，長出葉子
你早晚澆水，一天兩次
說一整年話，語言開花
繞地球一圈

我們，時間與飛鳥
有著相似的悲傷。

151 . 繞地球一圈

# 愛人的理由

想念有這麼長嗎
你說
Line 拉下
我們談話距離
足夠繞赤道好幾圈

我並不存在
我的眼睛也不存在
我們的身體每天
離開我們，跑出那麼遠

隔著星空和海
你看不到我臉紅的樣子
那麼愛
那麼可愛

# 五天先生

先生，四月的槐花落了。
先生，我想你了。
先生，夜風仍是涼的
和我們相見那天一樣

先生，你也和我一樣
坐在自己的影子裡嗎
心裡愛，但是說不出來。

先生。

我們在一起的第五天
離開彼此的第五天
請你抱抱她——
這是最幸福的一天
也是最孤單的一天

# 治療課

以手指輕扣
我身體的空谷
你能聽見
被蛀光的枕木，鏽蝕的鐵軌
傳回來的聲響

舊車站，老村莊
所有流逝中靜默不語的
都是

沸騰過的胸口
曾緊咬的牙關

# 寫給你

在五月，我
用阿勃勒的金黃陳述盛放
我用蝴蝶的翅膀
收攏我的斷裂、破損
和死亡

從來沒有一種花
像阿勃勒這樣接近毀滅——
彷彿它觸碰到什麼
什麼就成為渴望

五月清風
把正要離開的
你的影子慢慢吹遠
寫給你的信很長，還在路上。

# 致五月

我把自己藏在
阿勃勒的長莢果裡
當你經過樹下
夏天
因此蹦出未知的驚喜

你把漫山的五月雪
揉進早晨的凝望
露珠滾進草叢
小親親

那是滑過臉龐的
星星的撫摸

沿著五月的茂密
萬物豎起耳朵——
那是
水流過耕田
麥芒拂過心尖
桐花的白中刻出更多的白

五月的身體捲起我們
嗨，小親親
阿勃勒的長莢果裡
迸出雷聲

# 夜晚，我穿過

夜晚，停在安全島
車輛川行
行人和路樹三三兩兩
浮游在各自的海洋
你站在我身旁
像一棵樹
夜晚是海風的，吹動
所有綠色的樹冠
空氣中的潮水氣味讓人著迷
那是五月的泥土

揉合著草木
和
從海洋返回的我們

# 愛她的方式

愛一個人，就必須
手牽手
陪她穿過地下三層
抵達入口，看她穿過通道
回頭
笑著和你揮手

愛一個人，就必須
原諒她在靠近你的時候
突然迷路

就必須快速穿過地下街
找到她
笑著對她說：
我在這裡

# 靈鹿

月下飲水，我
不知道該看妳
還是看妳的眼睛

167 . 靈鹿

# 致

人聲消失了，街道安靜下來
五月的鳥鳴提醒我
樹木仍在身後
悄悄搖晃

會有很長時間，原野
和葡萄架是綠色的
暗喻的病枝也隱在其中
靜默地
藉由綠暗示另一種驚心

拐彎之後向右
晨光淺淡
鳥鳴聲在這裡幾不可聞
我想我錯過了什麼
那些甜蜜，緩慢
我們的時刻
似乎
仍在五月的腳邊走動
而鳥，已經飛出了我的視線

# 你是我的宗教

雨中的蘋果樹閃著光
從我眼睛盡頭消失
雨彷彿教義
靜靜地
落下，悄無聲息
黑暗中我睜著眼睛
聽
這連結杏仁核與世界的中介

正搧動著羽翼
撲入樹與雨的縫隙

# 收穫和失去

正午的影子很短
太陽下，樹與樹之間
我們以為的光
翅膀以及羽毛
那些想像的
親密、覆蓋、摩擦、伸展

踩著自己的軀幹和頭顱
六月的光專注，烈辣
這是火焰邂逅枯木

是烏鴉缺席悲傷
一如樹與樹之間的向上生長
卻永不親近，那樣

# 杏仁核控制中心的早上

早上是空的
兩片柔軟的東西
合在一起發出的聲音
像某種覺悟。一棵花樹
被遊客們包圍
那樣的空
花開得再濃密，也不可說出。

這戛然而止的盛開
在有限的光影裡

形成無限的困境
時間在它們身上靜下來的時候
一個女人從樹下走過
風，逕自吹落了幾朵杏花

# 見山

早晨醒來的枝頭
鳥鳴不在
一兩聲狗吠從山腰傳來
山間瞬時空了

走出屋子的時候
陽光冷冽
冬天的蔓草爬過腳背
那麼妖，那麼野

在空與漫溢之間
山如如不動，自在轉換

# 以寧靜的方式

露珠掛在松針上
滴與未滴
都是語言的魔怔與頓悟

守夜人守著滿山月光
一聲蟲唧就能
撞響
他內心的鐘聲

不言語的水流永遠在趕路

冥想中的樹木
抱緊自己的體香
任由平安夜的一絲雪意
啄破了整座天空

# 靜物

只是在樹下站了一會兒
天空就遼闊起來
曾經有意義的，此刻
都在意義的樹影之下後退——

即將來臨的春天的顏色
花團錦簇，或者
我們討論過
摸索過
彼此的低潮與高潮

那些需要治療的部分
像鳥
突然離開了枝頭

樹枝仍維持著它離去時的彈性
我維持著遠眺的樣子
宛若靜物
曝曬在陽光的量變與質變中

# 跑步者和終點線

晨鐘敲響的時候
山中寂靜
流水的聲音在跑步者體內
隨著山道蜿蜒
咚咚咚，咚咚
一隻啄木鳥伏在潮濕的樹幹
把未開的丁香香氣
密密縫進它的心跳

舟子仍橫在水際

互為兩岸的終點線
在早課結束之前
維持著沉默和一顆
佈施之心

INK PUBLISHING 文學叢書 706

# 治療課

作　　者　龍　青
總 編 輯　初安民
責任編輯　林家鵬
美術編輯　陳淑美
校　　對　龍　青　林家鵬

發 行 人　張書銘
出　　版　INK 印刻文學生活雜誌出版股份有限公司
新北市中和區建一路249號8樓
電話：02-22281626
傳真：02-22281598
e-mail：ink.book@msa.hinet.net
網　　址　舒讀網www.inksudu.com.tw

法律顧問　巨鼎博達法律事務所
施竣中律師
總 代 理　成陽出版股份有限公司
電話：03-3589000（代表號）
傳真：03-3556521
郵政劃撥　19785090 印刻文學生活雜誌出版股份有限公司
印　　刷　海王印刷事業股份有限公司

港澳總經銷　泛華發行代理有限公司
地　　址　香港新界將軍澳工業邨駿昌街7號2樓
電　　話　852-2798-2220
傳　　真　852-2796-5471
網　　址　www.gccd.com.hk

出版日期　2023年 6 月 初版
ISBN　978-986-387-662-5
定價　350元



國家圖書館出版品預行編目(CIP)資料

治療課／龍青 著.
--初版. --新北市中和區：INK印刻文學，2023. 06
面； 14.8 × 21公分. --（文學叢書；706）
ISBN 978-986-387-662-5 (平裝)

863.51　　112008415

舒讀網